朱から青へ

句集

城 尹志
Jo Tadashi
小熊 幸
Oguma Yuki

紅書房

句集

いのち

目次

音楽と酒と俳句——城 尹志句集『いのち』に寄せて

石 寒太

二〇二〇年の六月十五日。コロナ禍中にひとりの心理学者がひっそりと逝った。その日、起きると好きな音楽を聴いて、朝食後、気が付くと息をひきとっていたという。二週間前の六月一日、夫人の幸さんへの誕生日プレゼントとしての手紙に一句が添えられていた。享年八十三。自由に存分に生きた学者生活にピリオドを打った。

水無月の愛しき妻に支へられ　尹志

日ごろあまり口には出さなかったかもしれないが、心の奥底で妻にこころから感謝しつづけていたことがよく分かる。本当に安らかな眠りであった。

さて、人間には絵画好きと音楽好きの両タイプがある。そのことはどこかに書いたことがある。だとすれば、私は前者であろう。音楽を鑑賞するのは好きであるが、その本当のよさはなかなか理解出来ないような気がする。

この度尹志句集『いのち』の出版に一文を寄せることになって、つくづくそのことを再認識させられた。城さんご夫妻の趣味のひとつは、クラシック音楽を聴くこと。この句集にも、いろいろな音楽に関する句が寄せられている。それをひとつひとつ鑑賞しようと試みたが、私にはほとんどお手上げである。作曲者名や楽曲その他の音楽用語が数限りなくちりばめられていて、なかなか理解するまでにはゆきつかないのである。例えば、

トロットの雨間の散歩夏の宵
ハープシコードにのるソプラノよ夏の朝
チョン・ミョンフンの指揮の手胸へ良夜かな
冬の昼うたた寝に聴くパヴァロッティ
ハチャトリアンの「ハンガリー舞曲」冬の朝

などの句も、ようやく音楽辞典などに頼って、「トロット」は速歩、駆け足のような…とか、「ハープシコード」はピアノ以前の鍵盤楽器であるとか、「チョン・ミョ

ンフン」は韓国生まれの有名な指揮者名、「パヴァロッティ」はイタリアの声楽家、「ハチャトリアン」は旧ソビエト連邦の作曲家など、なんとか判明したものの、それでもその句の良さは鮮明に伝わってこない。音楽通の人なら、即座にきっと深く鑑賞できたであろう、と誠に残念である。その他、この句集には、ショパン・バッハ・パガニーニ・シューベルト・シューマン・ヴィヴァルディ・モーツァルト・マーラー・ベートーベンなど、先に掲げた作曲家や声楽家、外国の音楽家はもちろん、日本の山田耕筰から舘野泉・武満徹・庄司紗矢香までさまざまな音楽界の人物も登場し、さらに、パイプオルガン・ハープ・ピアノ・チェロ・バイオリン・ビオラ・トロンボーン・フルート・オーボエ・サックス・ギター・チェンバロ・ファゴットなどの楽器やモルダウ・リベルタンゴ・ヴォカリーズ・幻想交響曲など難しい曲名や、バロック・ノクターン・テノール・ソプラノ・アルト・ポップス・デュエット・フォルテッシモ・カルテット、さまざまな音楽用語も頻繁に詠みこまれている。あまり理解がゆきとどかない中で、

初霜や武満徹の生命よ
武満の和のソプラノや秋の夕

これらの句を何とか乏しい音楽知識でも理解できたのは、私が生前何回か武満氏と会ったことがあったことによるのかも知れない。武満氏はまさに生命の音楽家であった、今でもその印象は変わらない。

さて、城さんは本名小熊均。俳号は城尹志《じょうただし》。幸夫人によると、この号は学生時代に創作活動のために自分でつけたらしい。一九三七年東京の新宿区(牛込区)生まれ。一九四五年三月より福島県郡山市日和田町へ移り住み、大学卒業後、防衛庁勤務、後に都留文科大学を皮切りに茨城大学・聖徳大学などで長年心理学の教鞭を執っておられたらしい。その教授としての熱心な講義ぶりは、彼と一回り下の後輩の高田理孝氏の「小熊先生を偲ぶ」というブログから識ったことであるが、自信に満ち足りた研究・教育・学務を愉しみながらマイペースで悠々たる教授生活を謳歌してきたらしい。高田氏の報告には心理学概論・青年心理学の授業にいどむ均教授のいきいきした講義模様と、また、授業外での大の酒好きの生活など、ともに報告されている。

飲み会の延期の電話秋の風

紫雲英田や筵広げて銘酒酌む

などの酒の句も見える。私も一緒に酒席をともにしたかったが、残念ながら晩年でその機会は一度もなかった。「酒は大変強くいくら飲んでも乱れるということは全くなかった」と、氏も述べている。幸さんも後年何度か忠告をしてみたらしいが、とうとう最後まで酒を手放すことはなかったらしい。

二〇一一年の夏から人工透析を受けることになり、週三回、毎回四時間半もの長い透析を繰り返し続けた。

集中にも、

立春や透析開始二年半
クーラーに沈む四時間透析や
大旦透析ベッドの四時間半
春隣透析帰りの車中かな

ほか、入退院を繰り返した病院生活の句も目につく。

入院や榛名連山眠りゐし
暮の秋脈診のたび目覚めけり
再入院の三日前なり黄沙来る
五月雨や闇の病床ひとり浮く
歩行訓練の四階フロアー夏の朝
みんみんや病の床にうつらうつら
合唱もリハビリのうち夏初め
歩行器の動きなめらか灸花

城さんが俳句を作りはじめたのは、もちろん幸さんの影響が大きいだろうが、それ以前から母上の存在もあったようである。城さんの母上は一冊の歌集『迂回渾渾』を残している。その「あとがき」に母親のことが書き綴られている。

盂蘭盆や母の好みしチョコレート
あかぎれの母の歌ひしシューベルト

新蕎麦や母に二つの誕生日
夏休み亡母見送る畑の角

この句集は、城さんの一周忌をめざして、幸夫人が纏められた。ひとりの大学教授の勤勉なる人生の軌跡のあらましをたどることが出来る、思い出の遺句集となった。

合　掌。

第一章 磐梯颪

二〇一三年〜二〇一四年

薄暮れてみんみんぜみの命かな

新人看護師と交はす笑みなり秋の昼

盂蘭盆や母の好みしチョコレート

「幻想交響曲」の鐘の響きや秋の夜

秋時雨音楽祭の帰途につく

灯油売りの「月の砂漠」や暮の秋

夕日差し斜めに庭のシクラメン

冬薔薇一輪雨に震へをり

亡き母と辿りし秋の気多大社

小さき庭に虫の声満つ朝ぼらけ

高速道の音絶え間なし宵の闇

公園の子ら運動会の練習か

齢ふれば思ふことあり秋の夕
秋時雨木の葉一枚濡れてをり
いつの間に虫の音消えし朝ぼらけ

秋風やビル壁に映ゆる夕日かな

爽籟や庭の木の葉の色づきし

三度刺されし透析の痕冬灯

小六月アラフォー女の絆創膏

磐梯颪蓑虫のごと突進す

冬日差木の葉いつせい鈍色に

あかぎれの母の歌ひしシューベルト

大寒や散歩日和の遊歩道

大寒や蕾のままの紅牡丹

淡雪を載せて人待つベンチかな

春隣朝日ににこにこ遊歩道

君子蘭朝日に映えてガラス内

しづり雪朝日に枝を抑へ込み

立春や透析開始二年半

春浅し雨間の散歩一時間

山笑ふ北へ北へとヘリコプター

春昼や郵便局員ほほゑめり

元気かの問ひに「生きてる」春うらら

女子アナの青きブラウス初桜

風薫る亀一列の甲羅干し

春の風鳥とまがひし木の葉かな

夏隣孫誕生の写メール来

校舎裏山吹の花連なれり

レストラン皿にパセリのひとかけら

春の朝ペットの響きらうらうと

蓮の葉の間緋鯉の一尾かな

トロットの雨間の散歩夏の宵

ペダル踏む女子大生や楠若葉

一日や薔薇を朝日の包みをり

遊歩道の木蔭の谷間蚊に追はれ

五月雨の淡き山影電車かな

いつまでも減らぬ疲れや夏の夜

夏椿包玉の師の墓参り

浮御堂の下よ蜻蛉生まれけり

シャッターを上げて静けき白薔薇

梅雨晴れやクリニックへの車待つ

風もなき朝の静けさ白薔薇

植木屋の腰手拭ひや青蜥蜴

夏空や秋櫻子句碑かすれをり

早朝の静けさにをり百日紅
遊歩道黒き揚羽に迎へられ
クーラーに沈む四時間透析や

牛小屋にあたる夕陽や百日紅

薄曇り塀より覗く黄のカンナ

夏の朝ショパン流るるテレビかな

学生寮の塀の天辺蟻二匹

我も木か散歩の肩に蝉とまる

河骨も果てて葉のみの浮御堂

新涼や木陰ベンチに沈みをり

教へ子と語りし宵や秋気澄む

山霧や両親のなき里帰り

秋高し野原に白球ひとつかな

賢治詩碑の文字ぎこちなし秋の蝉

雲の間に大き満月浮かびゐし

新蕎麦や母に二つの誕生日

飲み会の延期の電話秋の風

石二つの其角の墓碑や秋の雲

御命講五尺の像の日暮れかな

ナースの声おぼろに聞くや暮の秋

遊歩道色なき風に休みけり

梁わたるちちろに浮かぶ祖母の影

暮れなづむ霜降の空鳥の声

教会のパイプオルガン霜の宵

年の暮叔母の電話の話飛ぶ

浮御堂描く三人冬帽子

女子大生の弾む会話や冬日差

綿虫や厩の横の鍬ひとつ

第二章

ヴォカリーズ

二〇一五年〜二〇一六年

寒晴れや病院帰りのゆるき坂

大旦透析ベッドの四時間半

鴨一羽逆さの鴨を映しつつ

入院や榛名連山眠りゐし

並木道前より迫る寒鴉

早朝のハープの調べ春待てり

こともなく過ぎし一夜よ春の月
君らには君らの夢よ春の月
あの子にはあの子の旅よ春の月

朱から青へ広がる地平春の朝

春の風小犬となりしレジ袋

住む人のなくて残りし桜の芽

春日差胸いつぱいの希望かな

卒業生川岸となる教師かな

春の昼みなとみらいのピエロかな

野村萬斎の藪原検校春疾風

ボンベ引く若人のをり春の昼

目の前に迫りし安達太良山笑ふ

花は葉にイヤフォン供に散歩かな

朝の風庭木の光る目借時

新学期ピアノの音のちどり足

屋根屋根の間四角よ春の月

鯉のぼり「おちゃかなだよ」と幼き手

スニーカー一歩踏み出し立夏かな

梅雨曇り庭木の陰に小鳥かな

体育館より大き裏声梅雨の夕

夕闇に包まれてをり白きバラ

午後二時の楠の青葉の光かな

梅雨晴れや朝の空気を胸に受け

曇り空小さき河骨点いくつ

重箱と呼ばれしあだ名サングラス

薄曇り散歩途中の蝉の声

ソプラノの歌声涼し朝の卓

秋の昼閉ぢられてゐるBOP門

つまづける作り笑ひや秋の雲

透析の四時間の行処暑の昼

バロックの提琴の音や秋惜しむ

爆音の頭上過りし刈田道

秋日燦天気予報のよく当たり

月白やバッハのチェロの無伴奏

早暁やバラの小枝の寒雀

参道にひとかたまりの団栗よ

たうきびの穂先並びし青き空

杖頼りの重き足どり彼岸花

頭上過るヘリコプターよ秋の昼

板塀へ三つ顔出す黄のカンナ

ラガーらの息の荒々縦横に

「同窓会休む」のメール冬初め

ゲーム音楽の軽快続く冬の朝

看護師のサヨナラの笑み冬紅葉

五嶋龍の超絶提琴冬の夜

数へ日の居間にショパンのノクターン

葱刻む音へマズルカ混じりをり

諏訪内の謳ふバイオリン冬の月

朝霜や舘野泉の「フィンランディア」

冬暁や闇に流るるラフマニノフ

穏やかなビオラの調べ冬の朝

塾生の休みの抜きよ室の花

大寒や足跡残る前の道

一葉のハガキに偲ぶ京の冬

春間近闇に溶け入るリコーダー

コンサート待つ間の書店春隣

トロンボーン豊かに春の朝日かな

フルートの音の朗朗冴え返る

春暁やチェロとピアノの語り合ふ

春暁の闇に沁み入るチェロの音

水道の蛇口へ枝垂梅一輪
狛犬の眉に積もりし春埃
商店街開店祝ひの風船や

塀の上桜の開く散歩かな

早逝のフルート奏者春の夜

桜東風三人のみの同期会

花は葉に散歩仲間の歩に合はす

どつしりとビオラの響き穀雨かな

池の面に蝌蚪の一群浮かびをり

地震語る人の眼差し白き藤

夏隣「小犬のワルツ」キラキラす

ピアニストの赤き洋服梅雨の朝

ハープシコードにのるソプラノよ夏の朝
透きとほるテノールの声夏の朝
梅雨の朝小太鼓まじり和の香り

フルートに絡むアルトや白き薔薇

夏の旅子供ひとりも数のうち

夏休み亡母見送る畑の角

日盛りに疲れまうけの面接や
フルートとハープの歌ふ夏の朝
夏の朝オーボエの音の柔らかし

喧騒の道玄坂や百日紅

三百年前のオーボエ良夜かな

論文に記す著者の名良夜かな

赤赤とカンナの招く遊歩道
ポップスの弾けるリズム色鳥来
つくつくし薄暮れの空渡りをり

人影の去りて波のみ秋夕焼

静けさに溶け入るショパン秋夕焼

秋風に孫のかたこと感無量

足元へひとひら銀杏黄葉かな

秋冷や闇に広がるヴァイオリン

暮の秋脈診のたび目覚めけり

本開く寝ぼけまなこに檸檬の香

後の月悲恋を歌ふコンサート

朗朗とチェロのデュエット暮の秋

晩秋やラフマニノフの「ヴォカリーズ」

初霜や武満徹の生命よ

パガニーニの難曲かはし霜の朝

黄昏や庭に一羽の寒雀

山田耕筰の「愛する人に」冬紅葉

極月や課題の二つやり残し

外乱で円高気配初氷

冬夕べブラスバンドの指揮者跳ね

冬日差し父子散歩の笑ひ声

冬の朝チェロ無伴奏沁みわたり

第三章 ハンガリー舞曲

二〇一七年〜二〇一八年

ラフマニノフの「鐘」の響きや冬の朝

寒椿光に揺るる真昼かな

格天井に睦月の光はねてをり

待春の夜の静寂のシューベルト

通学時安達太良山映す薄氷よ

庄司紗矢香のバイオリン春暁に溶け

紫雲英田や筵広げて銘酒酌む

八十路なる散歩仲間よ春の雲

花辛夷地上へひらり音もなく

木の芽晴袴姿もにぎやかに

春水やフォルテピアノの柔らかさ

春の朝テノール響く小さき庭

春暁や初体験の救急車

春雨や入院病棟ひとりぼち

花ミモザピアノ弾く子の真面目顔

再入院の三日前なり黄沙来る

点滴に縛られてをり春燈下

医療機器の騒音しきり春の宵

せかせかと病棟看護師春の昼

春燈や六時の飯に狂はさる

夢定め頑張る看護師春北斗

昼と夜とり違へけり夏隣

季節見えぬ病床にをり春の昼

五月雨とまがふ目覚めの病床よ

五月雨や闇の病床ひとり浮く

歩行訓練の四階フロアー夏の朝

サックスの流るる朝や新樹光

深呼吸夏日に光る木々あまた

「モルダウ」のハープに揺る夏の朝

暁のギターの調べ白き薔薇

杖握る細き腕や秋の風

早朝のチェンバロの音や庭涼し

みんみんや病の床にうつらうつら

秋雨や妻の寝息とボロディンと

チョン・ミョンフンの指揮の手胸へ良夜かな

蘆花の忌や朝の散歩の一行詩

常よりも軽き足どり今朝の冬

病棟の長き廊下へ冬日差

冬の昼うたた寝に聴くパヴァロッティ

ハチャトリアンの「ハンガリー舞曲」冬の朝

プロコフィエフの愉快な調べ冬三日月

春隣透析帰りの車中かな

眉眠る孫らの春の炬燵かな

シベリウスのソナタ弾みし春の雪

シューマンの「トロイメライ」や春の雪

チューリップ赤より開き始めけり

春暁やフォルティッシモの雨の音

合唱もリハビリのうち夏初め

ピアソラの「リベルタンゴ」や夏の朝

郭公やサラダ三種の朝餉かな

五月雨やリハビリ室の笑ひ声

シューベルトの「アルペジオーネ」夏の朝

夏の日や深深と聴くトロンボーン

歩行器の動きなめらか灸花

ヴィヴァルディの「四季」の明るさ秋驟雨

武満の和のソプラノや秋の夕

酔芙蓉俳句談義のベンチかな

透析帰りの車の黙やいわし雲

参道のどんぐり五つ浮御堂

大木の茂る学寮万年青の実

ファゴットの音のふくよか冬の朝

独り居の文読む夜や虎落笛

第三章

青水無月

二〇一九年～二〇二〇年

バルトークのカルテット歌ふ冬の朝

モーツアルトの四重奏や寒に入る

磐梯山今なほ遠し冬の月

脳トレの微分積分春待てり

春の朝「アルハンブラ」のギターかな

マーラー九番の終章優し春霙

結論のなき話し合ひ亀鳴けり

巻き直す脚の包帯紋黄蝶

透析や知らぬ間に過ぐ春の雨

ベートーベンのピアノの五番夏初め

水無月の愛しき妻に支へられ

あとがき

昨年十二月、王子句会の後、主宰石寒太先生より、「城さんの一周忌を前に二人の句集を編んではいかが」とお話をいただきました。

城の俳句は、散歩の折に詠んだ句と好きな音楽に季語を加えただけのような句が多く、躊躇していました。一方では、コロナ禍のため葬儀へのご案内を控えさせていただいた皆様に、主人を偲んでいただけるものを一周忌にむけて何か用意したいと思案しておりました。先生のご提案によりまして、ほんの初学の俳句ではありますが、晩年の主人を知っていただくのも良いかも知れないと思い直し、鎮魂の願いを込めて句集を上梓することにいたしました。

石寒太先生におかれましては、ご多用な中、選句・構成・句集の題名をお決めいただくというご苦労を快くお引き受けいただき、さらに心温まる序文まで賜りました。

衷心より御礼を申し上げます。

城は二〇一三年八月より二〇一七年三月まで洋洋句会に参加をさせていただきました。「炎環」への投句は約六年間続けることが出来ました。熱心にご指導いただきました石寒太先生と、暖かく支えてくださいました洋洋句会の皆様のお力添えによるものと思っております。

心より感謝を申し上げます。

最後になりましたが、ささやかな城の晩年の一端をご覧いただきまして有り難うございました。厚く御礼を申し上げます。

句集の刊行にあたりまして、細やかなご配慮を賜りました丑山霞外編集長に心より感謝を申し上げます。

二〇二一年五月

小熊　幸

写真＝大木 茂
P.113, 114⊙フランス、ロワール地方・シュノンソー城

句集

シャガールの宙

目次

『シャガールの宙』に寄せて

——小熊 幸俳句讃

石 寒太

雛の季節がやってきた。コロナ禍のために今年は中止されてしまったが、小熊幸さんは一九九五年から毎年横浜髙島屋美術サロンにて、グループ展のかたちで雛人形を出品して来た。

好評で出品と同時に売れてしまうと聞いている。ひとつひとつの人形が、人のこころを癒してくれるあたたかいこころのこもったお雛様だからであろう。

幸さんは、一九九四年から、日展会友の創作人形作家「木《き》の鐸《すず》会」主宰の鐸木《すずき》能《よし》子《こ》氏に師事し、雛人形の制作をはじめた。鐸木氏は人間国宝・平田郷陽氏の直弟子大谷鳩枝氏に師事。歌人で人間国宝の鹿児島寿蔵氏、文化勲章受章者の円鍔勝三氏の指導を受けた人形作家である。残念ながら二〇〇八年八月八十歳にして逝去している。

さて、令和元年の十一月。一冊の写俳集（写真と俳句のコラボ）『季《とき》のかたみに』が私の手許に届いた。俳句の仲間吉田空音《そらね》（本名広瀬洋子）さんの形見である。題名のごとく四季の移りかわりの俳句に写真が添えられた遺句集である。その前の方の春のページに二枚の雛の写真がある。写真は空音さんの親友・中野信子さんの撮ったもの、俳友の長谷川いづみさんが編集を手伝ったのだという。この雛の制作者は幸さん。雛は幸さんに似ていて、小顔で伏し目がちで彼女を彷彿とさせる。子どものなかった空音さんが童《わらべ》のように可愛がり、膵臓がんで亡くなるまで手許において手放さなかった、という。美しいこの雛はいったいどこに行ってしまったのか？　いまは杳としてその行方は知れない。

つくり手に似たる雛よ行処方《いづかた》へ　寒太

そのページには空音さんの一句、

首すこし傾げてゐたり紙雛

の句とともに並んで、写真が掲載されている。

幸さんの今度の句集『シャガールの宙』にも、

ホスピスの部屋に遺りし雛かな
絵に遺るＹＯＫＯのサイン花八手
散り急ぐ山茶花のやう逝きにけり

などの追悼句も残されている。
今度の集中に、幸さんの人形の句を拾ってみると、

描き上がる人形の型桜の芽
夏隣机上にどさと裂の山
取りはづす人形の首薄暑かな
月白や作業机の紅絹の束
真夜に洗ふ三本の筆冬隣
人形の薄く引く眉十二月
時雨るるや金箔の舞ふ筆の先
年明くや面相筆の淡き墨

寒晴やほほ紅残るたたき筆

程が浮かび上がってくる。

などがみえる。人形づくりは、私たち素人には想像もつかないが、かなりの集中力と忍耐がいることであろう。これらの句をこうして辿っていくと、その制作過程が浮かび上がってくる。

さて、幸さんは大学時代の恩師の紹介により、一九七〇年十一月均(俳号城尹志)さんと結婚。二人の子宝にも恵まれ、クラシック音楽好きの夫とコンサートに家族で親しみ、かたわら絵画や彫刻・仏像を観ること、また植物を育てることも趣味にしているらしい。君子蘭はもう五十年、胡蝶蘭は二十年も育てていて、このコロナの春にも莟がぽつぽつとつきはじめている。幸さんの大方は平凡な専業主婦として幸せな前半生を送っていた。しかし、二〇一一年の夏、夫の均さんが人工透析を受けるようになってからは生活が一変、人工透析の看護やその後併発した余病の入退院で、後半は大変なご苦労を強いられたようである。

この句集にも、そんな夫を詠んだいくつかの句が散見される。

留守電に「退院」とのみ十三夜

囀や少し細りし夫の背
秋の雲夫の歩幅の狭まりし
脚力に少しの自信牡丹の芽
介護車へ軽き一礼実紫
霾やオペ終了の電子音
脈拍の数整ひし朝桜
玄関の歩行器二台春待てり
病室より絵文字のメール秋気澄む
「じゃあ、また」の最期の言葉百合の花
骨壺に眼鏡収めし遠郭公
二つ届く小さき遺影ねぶの花
反り返る靴のつま先秋日燦

など、ほんの一部を引いてみたが、看護の毎日がよく伝わってくる。

さて、彼にはクラシック音楽の句が大変多く、幸さんにもコンサートの句もいくつかはあるが、むしろ彼女の句からは、それより絵（美術）の句の方が目立つ。

囀りや今開かるるミロ画集
ピカソ絵の女の口元とりかぶと
シャガールの宙ゆく馬や合歓の花

幸さんは、大学時代、平安時代後期の私家集を読んでいたそうだ。また、国語辞典作りの手伝いもし、結婚後は一時古語辞典編纂の手伝いを、さらにその後の一九八三～二〇〇〇年には大漢和辞典の修訂版や増補版出版の手伝いなどに携わった。

そんなこともあってか、私達の俳句雑誌「炎環」の校正のお手伝いもしていただいている。幸さんなしには定期発刊はなされない。

今度の句集の中にも古典を踏まえた句がいくつかあり、さらに私の主催した「おくのほそ道」ツアーにも参加された。

有耶無耶関のいづくぞゐのこづち
たをやかな良寛の文字鰤起し

菊唐草の鍬形兜実南天
数へ日の旅の鞄へ曾良日記
墓石より蕉門の声冬ざるる
養花天おし開け一茶顕れよ
煙雨蕭蕭西行谷の花おぼろ
蕉翁のいびきの戯筆柳の芽
吊るし柿良寛の海暮れ初めし

西行や良寛・芭蕉とその門人たち、一茶などの旅にご一緒したことが思い出される。なつかしい日々が、いま再び蘇ってきた。これらの句は、旅の風景と季語との取り合わせが、実に絶妙ですべて成功している。

さて、彼女の人形の師・鐸木能子氏は、日ごろからゲーテの言葉を引いて「人は香り気高くあれ、慈しみ深く優しくあれ」を制作のモットーとされていた、と聞く。私の俳句もこのことばとまったく同様である。

幸さんの句を一句一句鑑賞していると、人形制作と同様、優しい中に滋味深く、読むたびに深みを増してくる。

ひとそれぞれの好みはあろうが、私としてはむしろ幸さんの優しい平凡な日常の生活の中にこそ、深く優しいこころがひそんでいると思われる。ひかえ目の句には、季語と生活がほどよくマッチしている。そんな句をいくつかあげてみよう。

キバナコスモスキバナコスモス深呼吸
鍋底に映る顔あり小六月
いつも来る小鳥に名付くチチとキロ
生ハムを添へて菜の花パスタかな
石榴ふたつ封筒二つ置かれあり
菠薐草洗ふハミング繰り返し
追はるるごと終はる一日やオキザリス
さはやかや椅子真ん中へひとつ足し
頭文字の太く大きく苗の札
秋湿り肉じやがに足すカレー味
オーブンの熱残りをり暮の秋
美容院の階段ポインセチアかな

薄くひくリップクリーム今朝の冬
八十八夜卓の四色ボールペン

最後に、夫の看護の大半の生活の間にも、ほんのわずか、幸さんの自由な時間が保てたことがうれしい。きっと唯一のやすらぎであったろう。そんなゆとりの時間の句を三つほど挙げて、この一文の締めくくりとしたい。

二時よりは俳句の時間小鳥来る
音消してひとりの時間七日かな
これよりの私の時間蜜柑剥く

まだ、本当のゆとりは訪れていないかもしれない。が、これからは、自分の俳句の時間をしっかりと得て、残されたスローライフの時間を楽しんで欲しい。そのことを何よりも願っている。

三月三日　雛祭の夜

第一章 Bランチ

二〇〇一年～二〇〇三年

門前の飛龍頭売りや散紅葉

海越えて届く便りや鳥総松

Bランチ待つ間の湯気やシクラメン

大空を四角に受けし代田かな

モビールのかすかな動き夏きざす

羅や結びし帯の魚二尾

夏空やいま青銅の漢奔馬

桐の実やアフガン塑像の丸き影

ピカソ絵の女の口元とりかぶと

草紅葉草の丈にて眺めをり

子狐の瞳や地平線遥かなり

柊の花や托鉢僧二人

開門の音のゆるやか寒の雨

若者の無骨な握手ふきのたう

狐面ならぶ蕎麦屋や初つばめ

晩香盧のガラスの扉夏隣

青淵文庫の石のベンチや桜の実

母入院の短き知らせ卯波立つ

子の夢を聞く六月の喫茶店

グッバイの握手のひとつ夏の雲

立秋やペーパーナイフ滑る音

油絵の赤の隆起や子規忌日

第二章
詫び状

二〇〇四年～二〇〇五年

黒土の匂ひほのかや大根引く

染めあげし糸の朱さや寒の月

ふきこぼるる人参スープ春の雪

甲冑の赤糸縅夏の雲

小包に添へし詫び状黐の花

馬鈴薯の花やかまちのラブレター

ドレッシング「の」の字にかけし水菜かな

あたたかや点字ブロックたどる杖

回転ドアの向かう秋のコンサート

約束を三度違へし鯷漬

雪降りの雪のパノラマ母の葬

ラウンジの一枚ガラス春の雪

寄せ書の日の丸一枚柳の芽

一片のブルーチーズや荷風の忌

領事館跡の階段花は葉に

グラウンドの白線の上羽抜鶏

字足らずの母の短歌や夜の秋

薬石となりし墓ありゆすらうめ

義経の書状一枚夏椿

蕉翁のたづねし笈や桜の実

いにしへの礎石のふたつ夏の雲

指で読む芭蕉の句碑や木下闇

二時よりは俳句の時間小鳥来る

第三章 蕉翁のいびき

二〇〇六年〜二〇〇八年

菊月や売却決めし本の束

快き靴音となり十二月

楸邨の五月雨句碑や白鳥来

蛤満寺の舟つなぎ石破れ芭蕉

有耶無耶関のいづくぞゐのこづち

たをやかな良寛の文字鰤起し

菊唐草の鍬形兜実南天

数へ日の旅の鞄へ曾良日記

墓石より蕉門の声冬ざるる

大年の闇ぬけて来し一輪車

寒晴やほほ紅残るたたき筆

風花や言葉少なき姉とをり

十年を支へし力牡丹の芽

囀りや今開かるるミロ画集

パソコンの待ち受け画面鳥雲に

養花天おし開け一茶顕れよ

真昼間の海に音なし花蜜柑

兄妹のダンスの話あをぶだう

おはやうの訣れの言葉さみだるる

枕辺の牧師の黙や夏椿

白南風や電子チェロより「鳥の歌」

姥百合に秘密の話聞かれをり
マリオネットの魔女の手招き秋の暮
ひとつ忘れふたつ覚えし草の絮

時きざむ音ある不思議暮の秋

フェンスより犬の鼻先杜鵑草

淹れたてのコーヒー二杯小鳥来る

ホームページ閉ぢし窓辺の月明かり

コピー機の光よぎりし暮の秋

「新蕎麦打ち始めました」猫の伸び

人形の薄く引く眉十二月

箱書きの朱き落款冬木の芽

春隣ゆつくりたたむダンボール

春昼やいつせいに鳴り出す塔婆
涅槃図となりし翁の肘枕
人形の腕とりはづす彼岸かな

駐輪場の丸きスタンプ花の昼

煙雨蕭蕭西行谷の花おぼろ

解体の進むマンション黐の花

新緑や二枚続きの葉書来る

父と子のうなじの黒子日日草

祭り嫌ひの夫のふりむく祭笛

白南風や墨たつぷりと「海」の文字

クイーンへかかる消印籐寝椅子

実柘榴や青きタイルの清真寺

稲妻や握りしペンを持ち直す

切り落とす魚の頭や豊の秋

再版の本積むトラック初荷かな

蕉翁のいびきの戯筆柳の芽

カーナビの告げし駅なり花万朶

闇汁や用なき電話思ひつく

燻り炭覚えきれないパスワード

人日や箱書の墨香り立つ

見てゐたきもののひとつよ春の雲

屋上に日の丸の旗魚は氷に

再びの夫の退職君子蘭

ふりかへりふりかへり川辺のさくら

パソコンの路線検索さくらの夜

チューリップ四号館に人待ちし

山吹や老舗の奥のレジスター

夏隣机上にどさと裂の山

ごとばんさんの守りし島よつばめ魚

キューピーの羽かも知れず蚕豆よ

青梅のたわわな実り母忌日

木洩れ日を出でてこもれび茅の輪かな

象の足に巻かれし鎖晩夏光

眠剤の溶けゆくしじま月下美人

夜の秋指を離るるネックレス

旅の地図へ黄色のマーク秋初め

一合の酒一椀の走り蕎麦

帆船のイルミネーション暮の秋

菊鉢の菊の天辺三角帽

行く秋の石に巻かれしロープかな

第四章 からっぽのベッド

二〇〇九年〜二〇一一年

さよならのひとこと言へず茨の実

吊り革に音の生まれし小春かな

湾よりの風受けてをり菊花展

鍵隠しの紅き蕪や冬隣

ゆるやかなサティの調べ葱きざむ

病棟のホールの真中聖樹かな

葱の土こぼし階段上りけり

冴ゆる夜やグリム童話の初版本

冬暖かポケット奥の招待状

「森林太郎」の不折の文字や牡丹の芽

車椅子介助講習風光る

クリスマスローズ留守電受信中

春宵やアールグレイと修司の詩
戦ひのいくたびゴビの逃水よ
蜃気楼裏より駱駝牽く女

転送のはがきポストへ花辛夷

紫木蓮ノンステップバス止まる

姓二つ並ぶ表札てまりばな

山門をくぐりなんぢやもんぢやの花

起動せぬWindowsや薄暑光

遠雷や椅子に置かるるモネ図録

梅雨晴間仏間に五体ときはなつ

夜の景百八十度月の舟

新涼や閉ぢてまた見る墓地案内

キバナコスモスキバナコスモス深呼吸

文机のペーパーナイフ鵙のころ

グラウンドの少しの湿り十三夜

暮の秋胡椒ほのかに効いてをり

空つ風貝の化石を売る書店

紅葉且つ散る作業小屋無音

逆光のペガサスに会ふ小春かな

消し去れぬ名前のひとつ枇杷の花

あかねさす障子となりし鳥のこゑ

生と死を分かつひととき寒満月

春寒や人逝きし夜のブラームス

描き上がる人形の型桜の芽

フラメンコの衣裳吊るされ三月来

絶え間なき織機の音や水草生ふ

壁に残るクレヨンの赤木の芽風

からつぽのベッドにありし風車

枇杷の実や行方不明の人待てり

甘酒屋に開く句帳や蟻ひとつ

三姉妹の二人は寡婦よ桐の花

夏霧やうすももいろの食前酒

足首の花の刺青パリー祭

打水や大きい順に雲の列

列島の快晴マーク胡瓜揉む

工房となりし書斎や夜半の秋

草の実飛ぶ看護学生実習中

低蛋白食事療法草の花

実紫すこし疎遠になる実家

吊るし柿良寛の海暮れ初めし

真夜に洗ふ三本の筆冬隣

針金細工の小さき自転車冬日差

神域を逃るるやうに冬の蝶

鍋底に映る顔あり小六月

風花や末期の水のひとしづく

凍星や棚に残りしジャムの壜

音消してひとりの時間七日かな

浅春の画廊に化粧廻しかな

サマルカンドのブルーの香炉花ミモザ

下萌やひろき余白のはがき来し

碁石打つ大き音あり諸葛菜

携帯を持たぬ一日花大根

つぶやきのひとつこぼれししろたんぽぽ

タクシーの相乗り五人春の雨

津軽弁の着信メール花胡瓜

新緑をまとふ少年眠りをり

六本木一丁目どくだみの花

薄くひくオリーブオイル梅雨晴れ間

夏風邪やキリトリ線のうすみどり

シャガールの宙ゆく馬や合歓の花

黒土にまみれし指や沖縄忌

病む人へ少し離れてサングラス

ワインバーへ降りる階段夜の秋

あきざくら墓石に地震の痕ひとつ

残像の孤児の眼差しこぼれ萩

祈りより始まり月のコンサート

金木犀みどりごのもの干されゐし

留守電に「退院」とのみ十三夜

第五章　サスペンス

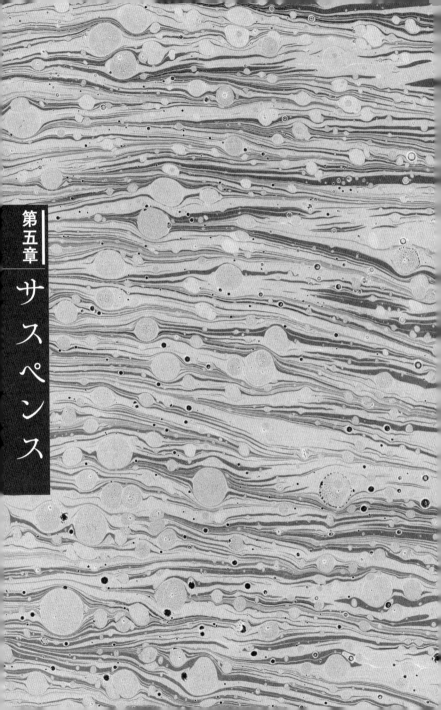

二〇一二年～二〇一四年

蟷螂の斧見せぬまま掃かれけり

生きるとは泣くことなりし新松子

いつも来る小鳥に名付くチチとキロ

下茹での野菜三色小春かな

背守りの白揺らしゆく小春かな

人日の被曝避難のハガキかな

成人の日○をつくりし手話の指
ブロッコリー噛む想ひ出を消しながら
厚く切るバームクーヘンかの子の忌

生ハムを添へて菜の花パスタかな

囀や死者は聖書を抱きゐし

トロンボーン背負ひて北へ春の雨

出迎への「炎環」カード初桜

囀や少し細りし夫の背

夏めくや鳥の形のドアノッカー

新樹光ピアノの上の指環かな

陽の匂ひ重なつてゐし竹落葉

取りはづす人形の首薄暑かな

白南風や乗り換へ多きひとり旅

九つのマトリョーシカへ西日かな

恋文横丁の小さき碑夏の雲

目印の赤き布切れ枝払ふ

流星や足裏に砂の熱少し

契丹の赤き柩や草の花

秋晴れの杜の讃美歌生まれけり

新涼の床へひとつぶ黒胡椒

実柘榴やシュプレヒコール沸点へ

石榴ふたつ封筒二つ置かれあり

月白や作業机の紅絹の束

風光るポケット版の時刻表

ふり向けば海の匂ひや花薺

碑の戦火の痕やしろたんぽぽ

青時雨記憶の道を辿りをり

向かひ合ふ文豪の墓桜の実

文化の日喉に刺さりし魚の骨

胡粉地へ淡きくれなゐ寒夜かな

山茶花や募金に建ちし診療所

デルヴォーの停まりし時間冬の星

雪女郎帰宅の人を待ちてをり

筆先の小さき乱れ遅日かな

悪筆となれど筆まめ桃の花

カーナビに逆らひ左折春の雲

クラクションの長鳴りふたつ柳の芽

花末だ熱き遺骨の箱抱く

春惜しむ復興記念コンサート

ガードマンの軽き会釈や棕櫚の花

放射線量高しほろほろ椎の花

からつぽの部屋よ男のオーデコロン

留学のスーツケースへ浴衣かな

精神科病棟の二重ロックやねむの花

ちつぽけな己に飽きし山椒魚

炎帝に少し愛され眩暈かな

頭より被る検査着溽暑かな

爽やかやや夫食卓の二食分

言ひたきこと言はぬままをり十三夜

秋の雲夫の歩幅の狭まりし

栗剥くやドラマはいつもサスペンス

指先のバターの匂ひ暮の秋

そぞろ寒闇の中より杖の音

柊の花ふまぬやうポストまで

てのひらに収まる絵本冬あたたか

時計職人の厚きレンズや福寿草

真冬日やあまたの野菜ゆでこぼす

菠薐草洗ふハミング繰り返し
浚渫船近づいて来し初桜
明日葉のあをに始まる一日かな

花は葉に似顔絵つきのお礼状

夏の雲子は滑り台頭より

自己主張覚えしをさな花ユッカ

名ばかりの生産緑地夏の雲

早苗蜻蛉さなへとんぼ静寂より

空つぽの母の箪笥や夜の蝉

過去帳の幼きおとと蛍の夜

笑ひ声残し帰る子梅雨の月

七夕やテーブルにある予約札

水欲しの最期の言葉夜の秋

水底へ音なく沈む早桃かな

空澄むや放射線量高きまま

二日月オバケの絵本開きをり

月白や丹田穿つ大太鼓

ポットカバーの露西亜人形夜半の秋

第六章 ミロ画集

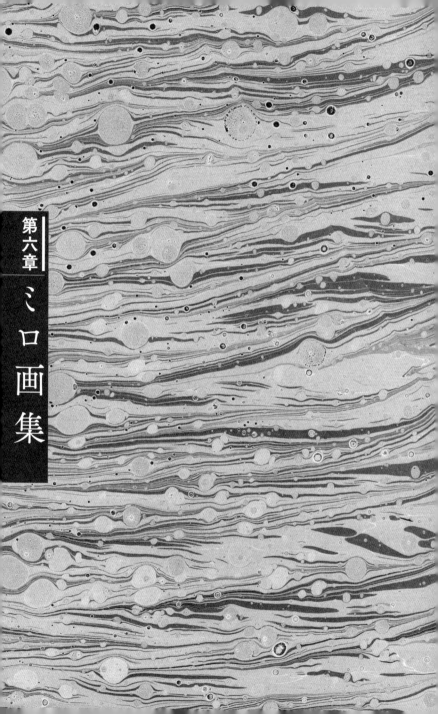

二〇一五年～二〇一七年

こむら返りピラカンサの実の真つ赤

七五三バックミラーの宙真青

年明くや面相筆の淡き墨

脚力に少しの自信牡丹の芽

裏返す薄焼きたまご春の雪

顎少し上むいてをり初雛

春ショール解きしC列15番

親も子も同じ髪型風光る

泣きじゃくる顔の×花辛夷

春の月体育館よりピアノ曲

けさ二つふえし五つの花苺

初夏やテーブル隅の鳥図鑑

拝復に始まる手紙みどりの夜
ぬけみちのひとつ泰山木の花
触るるともなくふれあへり濃あぢさゐ

砂塵巻く露店に大き柘榴の実

つむりふりふり止まらぬうたよ秋桜

色鳥や二輌電車の始発駅

桃の実の核《さね》のももいろてのひらへ

自転車の犬深眠り金木犀

砂積みて崩す遊びや文化の日

白山茶花さよならのこゑ後ろより

ラジオよりこぼるる挽歌ラフランス

渡さるる異国のコイン神の旅

夜の火事風の匂ひの変はりけり

泥大根臨月の子の持ち来る

室の花一時停止のＤＶＤ

三寒四温確かめてゐる既往症

夜の梅弔問の扉の開かれし

街の灯の届かぬところ梅三分

巻き戻すスイッチの欲し春の夢

目撃者探す看板春北風

朝桜水面に風の生れにけり

追はるるごと終はる一日やオキザリス

待ち合はせの雑誌コーナー四月尽

暗　闇　の　蹠　に　あ　り　し　蟇

花山梔子天使の梯子下りて来し

三歩めを踏み出せずをり羽抜鶏

枕辺の十のミニカー梅雨の月

二重虹少年ひとりづつ消えし

新聞の畳まれしまま夜の蝉

波頭西瓜さらつてゆきにけり

退院のカートの揺らぎ昼の虫

さはやかや椅子真ん中へひとつ足し

眠る子のほほほゑみ少し月の舟

プラレール楕円につなぐ夜長かな

秋の蝶しりとり遊び始まりし

閉ぢ直す原稿の穴冬隣

笹描きの眉のあはあは十二月

花丸をつけて待ちをりクリスマス

初笑ひスマートフォンの真中より

年賀状見覚えのなき表書き

着膨れて文字の海へ浸りけり

寒林を抜け重鎮の顔となる

風呂吹きや少し溶けきしわだかまり

遠野火や散歩の犬の胴震ひ

寡黙なる人の好みし蜆汁

頭文字の太く大きく苗の札

花時の闇くぐり来し救急車

春暁のフィルムの白し肺の影

薫風や夫よりYAHのメール来し

病室の窓に溢るる新樹光

自転車停止へびいちご踏まぬやう

退院の決まりし知らせ梅太る

八十八夜卓の四色ボールペン

医師描く心臓四角棕櫚の花

青梅雨やてのひら厚き執刀医

病院のタクシープール鳳蝶

競馬新聞斜めなりけり三尺寝

畳まれてゆくクレーンや大西日

エレベーターの延長ボタン灯涼し

涼新た夫の歩行器拡げをり

秋湿り肉じゃがに足すカレー味

ミルクティへ砂糖ひと匙夜業かな

待宵や身ほとりに置くミロ画集

介護車へ軽き一礼実紫

一軒の跡地へ五軒鵙の贄

総身へイルミネーション年惜しむ

第七章 私の時間

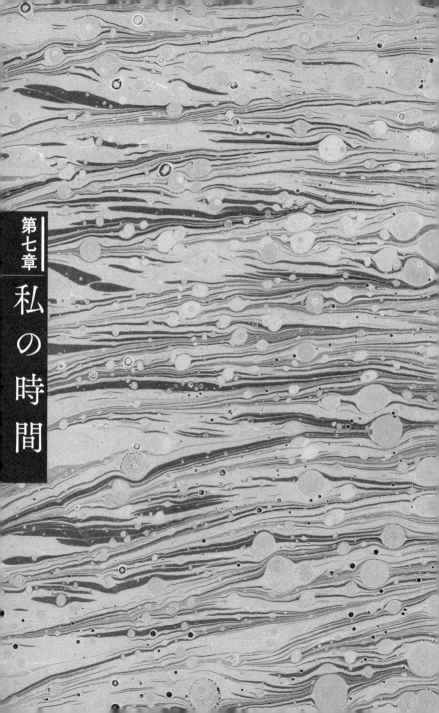

二〇一八年〜二〇二〇年

治療説明書のリスク一行隙間風
再びのYAHのメールや冬木の芽
街騒やジビエ料理の熊一片

春隣土曜の朝のパンケーキ

大くさめはさみ将棋の二回戦

これよりの私の時間蜜柑剥く

桃の日の庭園白き線引かれ

霾やオペ終了の電子音

脈拍の数整ひし朝桜

花ミモザのリース頭に少年来

春信や人生紡ぐ詩集添へ

栃の花抜け来しロシア料理店

アルミサッシの溝にちらちら蜥蜴の子

足場取る金属音や薄暑光

新茶汲む「く」の字の形の花林糖

風鈴や広き余白の見舞状

住職の自転車七夕竹一本

氷菓食ぶ身体左へ曲がる癖

警備員の真後ろ烏瓜の花

墨の色青み帯びけり夜の秋

秋めくや回転木馬よりゐがほ

空澄むやカピバラ抱く少女の瞳

掌に重きありのみひとつ微熱の夜

万歩計の数のあやふや鰯雲

秋霖やロールキャベツの煮上がりし

持ち上げて畳む歩行器草の花

書き出しに迷ふ弔文暮の秋

紅葉且つ散るテーブルの置き手紙

口中へ溶けゆく薬冬の雨

時雨るるや金箔の舞ふ筆の先

「エマージェンシー」の院内コール冬の雷

待ち合はす交番前や雪催

談笑の間猪肉パイ包み

体育館よりワルツのリズム冬菫

風花や海の匂ひの駅に立ち

風花や介護タクシードア開く

玄関の歩行器二台春待てり

少しづつ遠くなる人雛の夜

目印のKOBAN桜大樹かな

俗名の上のクルスよあたたかし

ニュータウンの駅舎に生れし燕の子

花冷えや豆のふつふつ煮えてきし

日本橋の翔ぶ麒麟像花の昼

折紙の奴の十個花は葉に

踏石にひとふさ白き藤の花

ＯＫの返信メール蝶の昼

エレベーター探す駅頭街薄暑

エントランスへ降りる階段青蜥蜴

救急車に頼む消音短夜よ

三度目の内科病棟花てまり

シュレッダーの逆回転や梅雨曇

ひとりゐのひとりの卓の水中花

うたごゑのひとつになりし夏の月

絡み合ふイヤフォンコード秋の昼

病室より絵文字のメール秋気澄む

とつぷりと暮るる校庭虫時雨

子ら乗せて帰る自転車良夜かな

シャガールの宙へ続きし花野かな

満月へゆつくり進む車椅子

タクシー待つ旧街道や小鳥来る

月光や旅の終はりのドビュッシー

タクシーに積む車椅子秋あかね

霜降やリハビリ室のJポップ

オーブンの熱残りを刈り暮の秋

美容院の階段ポインセチアかな

絵に残るYOKOのサイン花八手

散り急ぐ山茶花のやう逝きにけり

冬牡丹北より届く訃の報せ

冬満月歩行器の人帰り来し

春隣待合室の文庫本

小半日狭庭に眠る狸かな

衣裂くやきらりきらりの寒の雨

木の芽風郵便受けの招待状

ホスピスの部屋に遺りし雛かな

タクシーのシートベルトの余寒かな

花菜風イヤフォンより「ラ・カンパネラ」

微笑みに返すほほゑみ初ざくら

クリニックの迎車待ちをり藤の花

包丁研ぐ音の軽さよ夏隣

蚕豆のご飯よ雨の日曜日

車椅子二台並びし罌粟坊主

父と子のラリー百回若葉風

「じゃあ、また」の最期の言葉百合の花

骨壺に眼鏡収めし遠郭公

二つ届く小さき遺影ねぶの花

イヤフォンの残りしベッド夏の月

遠くより祭太鼓や訃報受く

ほんたうの怖さは知らず土用波

白南風やプリンターより訃のハガキ

挨拶状へお礼一筆夜の秋

蟋蟀とんでラジオ体操はじまりし

花束に生るるリズムや吾亦紅

土の香の残る枝豆自転車へ

汲み置きの水へひとひら秋の雲

反り返る靴のつま先秋日燦

YouTubeより般若心経萩の花

一瞬の綺羅となりけり赤蜻蛉

後ろより「おはよう」銀杏黄葉かな

薄くひくリップクリーム今朝の冬

てのひらの凍蝶土へ返しけり

あとがき

俳句には無縁に過ごしていましたが、『俳句の世界』（小西甚一著・講談社学術文庫）を読んで、ぼんやりと俳句に関心を寄せ始めていた頃、友人に誘われて王子句会に見学参加をしました。何度かの見学参加の後、石寒太先生からのお電話で、『俳句αあるふあ』の企画による川越吟行に誘っていただきました。

門前の飛龍頭売りや散紅葉

吟行のこの句がきっかけで炎環に入会、以来二十年余り石寒太先生のご指導を受けております。これまで暖かく熱心にご指導いただきまして有り難うございました。心より御礼申し上げます。

石寒太先生に句集出版を勧めていただきまして、これまでの句をまとめる決心をしました。この句集を編むにあたりましては、お忙しい中を、先生に選句・構成の労をおとりいただき、句集の題名・身に余る序文も賜りました。

衷心より感謝申し上げます。

毎月「炎環」に発表してきました句より、詠作年順に四五七句を収めました。句集としてまとめることにより、何が見えてくるのか見てみたい……、そんな思いもありました。見えてくるもの――課題を今後に役立てていきたいと思っております。

様々な困難のあった二十年でもありましたが、句友の皆様に助けていただきまして俳句を続けることが出来ました。この機会に厚く御礼を申し上げます。有り難うございました。

最後に、拙い句集をご覧くださいました皆様に心より御礼を申し上げます。

句集刊行にあたり暖かなご配慮を賜りました丑山霞外編集長と、私どもの句集制作に携わっていただきました皆様に深く感謝を申し上げます。

二〇二一年五月

小熊　幸

❖著者略歴

城 尹志…じょう・ただし（本名 小熊均）…

一九三七年　東京生まれ

二〇二〇年　没

二〇一三年～二〇一九年　炎環会員

小熊 幸…おぐま・ゆき…

一九四六年　福島県福島市生まれ

二〇〇一年　炎環入会

二〇〇五年　炎環同人

現在に至る

〔現住所〕

〒一五七－〇〇六一

東京都世田谷区北烏山八－一〇－九

炎環叢書　10

句集　朱から青へ

二〇二一年六月十五日　第一刷発行

著者……城 尹志・小熊 幸

編者……炎環編集部（丑山霞外）

造本……鈴木一誌＋吉見友希

発行者……菊池洋子

発行所……紅書房

東京都豊島区東池袋五－五二－四－三〇三

郵便番号＝一七〇－〇〇一三

電話＝（〇三）三九八三－三八四八

FAX＝（〇三）三九八三－五〇〇四

ホームページ……https://beni-shobo.com

印刷・製本……萩原印刷株式会社

ISBN978-4-89381-348-0　C0092